D0897107

BIANCA CÔTÉ

Carnets d'une habituée

récit

LES HERBES ROUGES

Nous remercions le Conseil des arts du Canada
de l'aide accordée à notre programme de publication.

Les Herbes rouges bénéficie du soutien du ministère
du Patrimoine canadien et de la Société de développement
des entreprises culturelles du Québec pour son programme d'édition.

L'auteure remercie le Conseil des arts et des lettres du Québec
pour le soutien à la création de ce livre.

Dépôt légal : BNQ et BNC, premier trimestre 1998
© Éditions Les Herbes rouges et Bianca Côté, 1998
ISBN 2-89419-131-6

L'enfant demande : «Pourquoi on a toujours hâte à hier?» La femme répond : «Demain, c'est trop proche.»

Les habitués franchissent le seuil le casque à la main, le bas de leur pantalon enroulé jusqu'aux chevilles ou enserré dans des pincettes d'acier. Leur ventre est rarement replet, peut-être à cause du vélo. Ils possèdent cette beauté capable de suspendre le temps, close sur elle-même, indomptée.

Le café, une immense cuisine. On s'y engouffre. Les habitués ont vieilli pendant l'été. Les cheveux, d'un gris plus pâle. Le sourire intact. Les deux Algériens remuent la main en même temps. «As-tu pris des photos? — Juste des personnes, des clins d'œil.»

Parfois, dans ma vraie maison, je me surprends à m'ennuyer de leur façon de se taire, le silence suffit à les souder ensemble. Ils crachent les rires comme des groseilles trop amères. Se débarrassent de leur joie. La confondent-ils avec la nostalgie?

Ils commencent par raconter une anecdote en français puis terminent en algérien. Ailleurs, pour eux, est une promesse perdue.

Pour un rien, me sentir vieille. Une fille applique presque rageusement son bâton de rouge en attendant la tonalité du téléphone. Pourquoi se montrer patiente lorsqu'on peut encore faire apparaître les miracles?

Elle entame la mousse du cappuccino comme elle le ferait avec un yogourt. Ou un amant. Avec application.

M'entendrait-elle penser qu'elle rougirait, nous aurions toutes deux cette pudeur venue des âges tendres. Lorsque nous n'avions rien à offrir.

Un mendiant s'approche. Non! Le dimanche, ma compassion se repose.

Les Algériens semblent revenir d'un pèlerinage. Pourtant, ils n'ont pas bougé, ils sont là, comme moi, plusieurs fois par semaine. À recopier le verbe partir.

Désœuvrés, les enfants se promènent entre les tables, ouvrent cent fois la même porte. Attendent de leur père des mots qui laissent des traces comme mes lèvres sur la tasse.

Rester une journée entière dans un café, je redeviendrais enfant. Je n'aurais plus besoin d'amant.

Rue des Italiens. Au milieu des caisses de raisins qui attendent d'être transformés en beaujolais, un garçon fait rebondir une balle. L'ennui, le grand ennui. Il regarde son projectile, donne un coup de pied, impatient d'enivrer les jeunes filles de l'immeuble voisin.

Je reviens avec mon sac d'épicerie. Salami calabrese, olives siciliennes, vin rouge : du piquant pour mon palais. Des douceurs aussi : figues fraîches, pain aux noix. Des framboises, les dernières sans doute. Demain matin, le beurre doux se mélangera au soleil, j'étalerai les rayons de confiture. Apprendrai à avaler l'azur sans sourciller.

Je ferme les rideaux, me tiens à l'abri du monde avec mes victuailles. Du piquant pour mes yeux, très peu pour moi ce soir. Je ne l'ai pas dit au garçon à la balle, mais là où l'on regarde, c'est aussi là où l'on pleure.

Vingt-huit septembre, cette date est venue en rêve. Plusieurs fois. Télévision, marche, journal. À quoi la rattacher? J'ai ouvert le réfrigérateur et sur le litre de lait, la date d'expiration est apparue. Alors je suis allée au café.

Pendant l'été, mon journal préféré a failli ne plus exister. Ici, chaque homme lit ses pages, longtemps. Gagné par la lenteur. Si l'un d'eux pouvait me feuilleter, me déplier.

À mon tour, je prends le journal, une chroniqueuse raconte sa visite à une boulangerie artisanale. Une nuit à attendre que la pâte chante en même temps que le jour. Gruyère, abricot, raisins, tout devient possible avec le pain. Le boulanger semble posséder une telle qualité d'attention. Parfois, il évoque le saint de la ville d'Assise, avec sa ceinture lâche. Saint François de Fabre.

M'asseoir près de la fenêtre, voir tout ce qui se passe de l'autre côté. Des hommes chantonnent, plissent les paupières. *«I'm still learning how to crawl.»* La musique modifie leurs pas. Comme si, en faisant partie de la chanson, ils s'ancraient davantage dans le monde.

La promptitude avec laquelle on refuse à un enfant de se faire porter. Bien sûr, la lourdeur. Mais surtout, «tu n'es plus un bébé».

À l'arrêt d'autobus, un homme lit la Bible. Jeune, vêtu de cuir. Demande-t-il au ciel la venue du soleil ou sa disparition?

Des automobilistes s'approchent des parcomètres, y enfouissent des secrets. Des rêves de maison d'été, de Guatemala ou de Provence, un vaisselier aperçu chez un brocanteur. Retirés des tirelires, les secrets n'ont pas le même éclat, la même démesure.

Au retour, sur le bord de certaines fenêtres, des trésors alignés. Statuettes, dessins, colifichets. Tirelires au ventre ouvert.

Certains clients s'avancent dès leur arrivée vers les tabourets. Ils guettent les allées et venues des serveurs, leur parlent de soccer ou de hockey selon la saison et les allégeances respectives. Commentent chaque page de journal. Je saisis des mots au vol : compagnie, arnaque, hypocrite.

Je vais au comptoir chercher mon verre d'eau, puisqu'on ne verse de l'eau qu'à ceux qui consomment de la nourriture. Selon des règles qui m'échappent, le pain grillé-miel n'est pas considéré comme de la nourriture alors que le pain grillé-emmental, si.

Depuis que j'ai vu la plus récente photo de Ducharme entouré de ses chiens, je vois des ressemblances partout... Ainsi, l'homme au manteau de cuir avec une bande élastique beige à la taille. Bien sûr, s'il s'agit de l'écrivain fantôme, peu importe que son manteau soit passé de mode. Si ce n'est qu'un vulgaire mortel, qu'il s'achète un manteau plus classique : il survivra aux nouvelles tendances. Devant le mystère, j'établis mes propres règles.

Je taille ma spirée, remise les chaises, la table. Seules les dalles restent dans le jardin. Nul besoin de les protéger, la neige se posera doucement. Blanc contre blanc, presque peau contre peau.

La fenêtre de ma cuisine offre une vue imprenable sur la salle à manger de mes voisins. Je ferme les rideaux. Pas complètement. Laisse l'araignée prendre sa lumière. Demeure assise là pour que le silence advienne.

Prendre soin de soi consiste-t-il à s'éclairer aux chandelles à huit heures du matin? À l'intérieur du carton d'allumettes : «Vous ne courez aucun risque.» La voix de ma mère s'efface : «Les chandelles, c'est pour le soir.» J'enfile l'aiguille, reprise ma jupe : je sais comment méditer.

Un air de poupon fatigué. L'homme aux lunettes rondes a coupé ses cheveux. Ses jeans, usés aux genoux, chutes nombreuses. Les fesses, petites. Il s'assoit, vide son sac à dos, boit une gorgée. Ses yeux : terre de Sienne.

Le point qu'il fixe va-t-il s'ouvrir, dévorer l'espace? Dans la foule, je n'aurais pas remarqué cet homme. Pour le voir, il faut être arrêtée et assise. Je pose mon attention délicatement, c'est un effort, comme tendre le cou pour voir s'envoler un merle. Voilà, l'homme aux lunettes rondes, je l'appellerai mon merle d'Amérique.

Il ouvre un manuscrit, corrige les «c» qui ont perdu leur cédille. Est-ce moi qu'il vient rejoindre au café? Les cheveux cachent son front. Tout guilleret et pourtant, désarmé.

Je l'entends murmurer : «Qu'ont-ils tant à lire, écrire, penser, discuter?» Il survole cette effervescence, aucune arrogance, un ange. Ses mains, au repos.

Petit, mon merle d'Amérique regardait sa mère desservir la table. Une fois les assiettes et les soucoupes lavées, il les empilait jusqu'à ce que le risque d'en casser une soit très grand... «Arrête!» criait sa mère. En même temps, presque contente. Elle aimait accueillir d'autres bruits que les siens dans sa cuisine.

Les bruits sont des bouées. Bien sûr, sa mère aimait aussi les odeurs, mais elle devait les fabriquer : jamais on n'en fabriquait pour elle. À part, peut-être, le parfum doucereux de la lotion après-rasage. Et celui, plus aigre, de la sueur. Encore aujourd'hui, elle porte les odeurs de son fils comme un talisman dissimulé sous son chandail.

Sur un banc de parc, une femme tient une cigarette, attend. Le visage dur. Aucun prince d'occasion n'apparaît pour lui offrir du feu. Je voudrais caresser son ventre pour que le silence advienne sans trop de douleur.

Le souffle de la petite Claire qui voulait imiter saint François et réchauffer les brebis perdues. Avec joie, elle a laissé le Poverello la dépouiller de sa chevelure.

Ma rencontre avec saint François, lorsque j'étais enfant. Il fallait trouver la biographie d'un homme admiré pour une qualité, une seule : j'avais choisi la bonté.

Qu'il vive au milieu de rien m'impressionnait. Rien, j'appelais la nature ainsi. Pour chanter le rien, il y avait les oiseaux.

Je quitte le parc, cours retrouver mes créatures à moi. Mon cèdre, mes impatientes, ma spirée. «Tu t'es fait un jardin», me dit une amie. J'entends : un paradis.

Il y a longtemps que je veux faire ce que plusieurs habitués accomplissent sans effort : arriver dès l'ouverture. Être la première à qui on apporte le café. Lorsque j'arrive tôt, c'est le propriétaire qui me sert, avec son amabilité parfois feinte.

Pour devenir l'unique cliente, je prends la chaise près de la fenêtre qui tourne le dos aux habitués. Fais face à la rue, aux vélos, aux enfants... Il manque d'enfants dans ce café. J'aime leur démarche de Tarzan ou de comtesse trompée.

Les habitués aussi savent jouer, perdre leur temps dès le matin. Ainsi, ces deux lutins barbus qui traduisent des textes. J'entends quelques mots, autoroute, trajectoire, communication virtuelle. Puis, rapidement, ils sortent d'un sac de jute valets et fous, des rois sans trône, des reines renversées.

La jeune fille est avec un homme dont on ne peut plus dire qu'il est jeune. S'il était metteur en scène, je serais rejetée au premier regard. Il parle. «Je ne renie pas Borduas.» Son rire en la regardant n'est pas une promesse. Une guerre contre le temps, peut-être. «Il ne faut pas généraliser, mais généralement...» Il accorde une telle importance à son regard. Note-t-il chaque geste de sa muse? Son calepin tient dans son rire. La jeune fille écoute. «Mon cœur est un souvenir de voyage qui se meurt d'être remplacé.» Elle boit ses paroles comme si Dieu entrait en elle. Et Dieu entre en elle. Lui vante les vertus de l'Ancien Testament. «J'aimais bien Renoir, maintenant ils peignent leurs excréments.» Comment fait-il pour faire reculer la misère? Il continue de déverser ces mots qu'il appelle culture. «J'ai quelques grains de sagesse, mais il faut que je les compte.» Sait-il compter jusqu'à sa compagne? Lorsqu'il dit : «J'aime quand les gens me détestent», pour la première fois, j'ai envie de lui sourire.

Coïncidence? Assises au bord de la fenêtre, trois femmes plus assez jeunes pour attendre Dieu discutent des hommes. «Mon amour n'entre pas dans l'espace.» L'une se met les mains devant le visage chaque fois qu'elle baisse la voix. «Comment peut-il entrer dans le silence?» Elle baisse la voix comme le jour baisse, comme le chant se perd, lorsqu'une confidence bouscule des années de vie, une chambre condamnée s'ouvre. Le froid.

Cette nuit, j'ai rêvé à l'homme aux lunettes rondes. En entrant dans l'église, il s'est signé, comme lorsqu'il était petit. Comment faire brûler un lampion? Il ne s'en souvenait plus, une femme de l'âge de sa mère le lui a rappelé. Il a regardé le lampion, qui soudainement s'est éteint, la femme l'a rallumé. À la vue du prêtre, a-t-il eu peur qu'on vienne lui enlever ses péchés?

À peine quelques personnes dans l'église. Seule la vieille femme semble être une fidèle. Certains, de passage, viennent à l'église comme d'autres vont au drive-in longeant l'autoroute. Bien sûr, au drive-in, nul silence. Le seul espace où le silence peut survenir se trouve à l'intérieur des fidèles.

Savoir que les grains sont friables a quelque chose d'immensément consolant. Savoir aussi qu'on les réchauffe sans jamais les brûler pour en garder l'arôme. Chaque grain, couvé par un sol fertile, profond. Le café, venu de Perse pour se nicher dans la paume inquiète de cet homme, onze siècles après, dans cette nouvelle mosquée.

Le serveur apporte le lait dans un crémier en terre cuite... Suis-je au Portugal? Ses mains, larges, offertes au soleil. Un grain de beauté qui miroite.

Les habitués prennent des allures de dames victoriennes pour boire le café. Le doigt en l'air se replie, la paume se transforme en poing boudeur.

Savoir que les producteurs de café rivalisent de sobriété ou de fantaisie. Chaque pays, ses grains préférés. Ses douceurs. Savoir que le café, comme le lait ou la peine, ne doit jamais bouillir.

Observer longtemps les canards de bois près de la caisse. Entre les parents, des adolescents aux ailes collées.

Une mère parle à son fils, plus grand qu'elle depuis peu, son langage. Débile, pas rapport, genre. Ces mots de passe ne lui sont pas accordés. De quel droit, maintenant, entrerait-elle dans son monde?

Un groupe d'étudiantes discutent près de la caisse. L'adolescent les regarde faire de grands gestes, arabesques où s'entrechoquent leurs bracelets. Entendre des étudiantes est un tel plaisir. Ces couleurs dans la voix.

Je ne sais pas pourquoi, lorsque je vois les épaules de l'ado se pencher, je pense : la mort m'inquiète. Et je commande un café.

Sous chaque pièce, un aimant. Mon jeu du solitaire est en plastique, pions et plateau. Je lis les instructions, essaie de m'imprégner du but du jeu : retirer le maximum de pions. En allemand, un joueur s'écrit : «*Für 1 Person.*» Me rappeler que le seul adversaire, c'est moi.

À condition que les cases soient libres, un pion peut sauter par-dessus plusieurs autres, mais je n'essaie pas vraiment. Vision à court terme, sans stratégie. Je vais n'importe où, au gré du hasard. Ne réussis pas à manger toutes les pièces sauf une. S'il ne reste sur le plateau que deux ou trois pions, je me considérerai héroïque.

Héroïque, je ne le suis que très rarement. Cette fois, j'ai une motivation supplémentaire pour le devenir : s'il me reste seulement deux pions, j'irai au cinéma.

Les habitudes me servent de satori. Le vendredi, la chronique sur les vins avec les saveurs de framboise et de poivre m'aide à choisir la bouteille du week-end. Sur la page de droite, grâce à un menu de restaurant, la lecture se transforme en expérience gastronomique. Une journaliste raconte sa visite au marché, la provision de sourires qu'elle s'est offerte.

L'homme aux lunettes rondes s'assoit à côté d'un homme aussi maigre que lui, ils discutent d'informatique, drôle de sujet pour des êtres qui semblent avoir égaré leur boussole au sortir de l'enfance. Ils roulent leurs cigarettes, économisent-ils aussi leurs rêves?

«Le Zaïre ferme ses portes.» «Dans chacune de nos familles quelqu'un vit de la pêche.» «La poésie se résume à ce qui nous échappe.» Ces phrases pigées dans le journal font pencher la tête. Je les absorbe avec mon café en sachant que si je lève les yeux, je les oublierai. Penserai à ma liste d'épicerie. Échapperai du sucre sur les Ruandais et des miettes sur le cinéaste qui croit aux arcs-en-ciel.

Le velouté du lait moussant me ferait, si j'étais chez moi, pousser des exclamations de bonheur. Mais je suis ailleurs, et timide je garde le velouté en moi, longtemps, comme un amant qui partira, je le sais, avant le matin.

Manger une pomme, les mains collées, rester en silence, écarter les doigts pour que l'air sèche, les regarder, extasiée, me dire : j'ai déjà été cette enfant.

La lassitude me rejoint. D'un coup. Je m'ennuie, mais je n'ai pas mal à la tête. Je m'ennuie bien.

Gagner l'immobilité, même si l'immobilité ne se gagne pas. Comprendre ce qui se passe lorsque rien n'arrive. Que le thé qui coule. Dans le silence. Que moi devenant l'immobilité.

La plupart des clients viennent à pied ou à vélo. Les autres tiennent fermement leur trousseau de clefs. Ils peuvent tout perdre. Ils ne seront pas dans la rue.

Rester parmi ces gens qui feuillettent le journal. Balaient du revers de la main le cahier «Économie». Apprendre de leur regard flottant.

Apprendre de ces hommes qui ne savent plus vivre. Oublient de le savoir. Se mettent les jointures dans la bouche. Ont cessé de se demander : «Qu'est-ce que rater sa vie?» Ils savent passer le temps et sentir, car ils le sentent, que le vent n'est plus pour eux.

Me tenir au milieu de ceux qui ont si bien raté leur vie qu'ils l'ont réussie.

«Il neige!» Tous les clients s'exclament, jusqu'au propriétaire qui embrasse la serveuse. Je commande un cappuccino. Les yeux des renards et des louves brillent-ils lorsqu'ils aperçoivent la première neige?

Une heure plus tard, je passe devant le parc, les enfants ont enfilé leurs habits de cosmonaute. Mitaines et gants applaudissent les flocons. La joie des petits gagne les parents.

Je retrouve mon jardin, ma joie à moi, le genévrier presque recouvert. Seules les impatientes s'éternisent. Sous la neige les dalles disparaissent.

Dans une dernière tentative pour éloigner l'hiver, je fais des boutures avec cette plante que j'appelle mon araignée du soir. J'aligne mes pots de grès, mais la dernière pousse, je l'abreuve d'eau dans une coupe à champagne. J'aime l'idée qu'il y ait une cadette dans la famille des araignées.

En bouturant, j'écoute le *Magnificat en ré majeur* de Bach, composé lorsqu'il avait trente-huit ans. Le «t» de magnificat, cette envolée.

Ma boulangerie portugaise. Sur le mur près de la caisse, la Vierge entourée de papiers bariolés attend... d'autres billets. Bleus, verts, mauves. En médaillon, différents visages du pouvoir. Choisir une pâtisserie saupoudrée de cannelle. Mes lèvres, sucrées à souhait. Je tends une pièce d'or pour faveur obtenue. Les yeux de la Sainte implorent la venue de la nuit. Près d'elle, des hommes, des femmes attendent que la boutique ferme. Repartir avec ma gourmandise à grignoter, ne laisser échapper aucune miette.

Dehors, une enfant joue dans la neige. Une femme passe avec une luge. La petite fille la regarde, ses yeux pétillent. La femme lui sourit.

En catimini, chasser les miettes de la table avant d'y poser le journal. Une anthropologue tient dans ses bras un chimpanzé. Elle ressemble à une peinture de Giotto, *Le Miracle de la source.* Les lèvres et les yeux clos, l'âme qui coule. Le singe : si serein.

Je cherche une page lente, une musique avec des pauses pour que la brise puisse devenir simple, si simple.

Mon merle d'Amérique lit comme si chaque mot était le sel. Lorsqu'une sonorité resplendit, il lève la tête. Ses lèvres, pareilles à celles d'une femme. Gorgées. Je voudrais prendre ces lèvres-là. Il me regarde avec un mot somptueux dans les yeux. Riverain. Un mot de vainqueur?

Une douceur coquine autour du front. Sur son chandail, je lis : «Les enfants du rêve.» Je n'arrive pas à imaginer qu'il se soit joint à un groupe, qu'il ait participé à des réunions, des forums, des colloques. Plus de lutte dans ce corps. Seulement de l'écorce.

Il y a longtemps que je ne me suis pas installée à ma table de cuisine seulement pour flâner. Je mets une nouvelle nappe, moins conventionnelle. Enlève dictionnaires et précis de grammaire.

L'histoire du monde commence par l'hymne au café. Chuintement de la vapeur, écoulement du liquide, le chant se répand dans la gorge.

Je me suis acheté un Coutances. Fondant au centre. J'ai choisi ce fromage pour sa boîte. La légèreté de la paille.

Mes gestes : plus amples qu'au café. Je m'essuie la bouche comme une enfant, prends des bouchées moins délicates, renifle avec davantage d'assurance. Je suis si bien chez moi. Avec mes chandelles.

Depuis que j'ai posé des rideaux aux fenêtres, les mouches n'en finissent plus de zézayer. Et je crois au chant.

Un homme entre, fait le tour des tables pour quêter sa journée. Le propriétaire ne le chasse pas, il lui offre même un café et tout ce qu'il faut pour survivre : rôties, beurre d'arachide, fromage. Chaise.

Moi, je tends mes sous blancs, l'homme me gratifie d'une phrase. «J'ai besoin d'argent mais enfin, c'est mondial.»

J'emprunte le journal, sens qu'à moi aussi on fait l'aumône. On sourit pour ne pas que je tombe.

J'ouvre le cahier «Économie», cherche un article où personne n'a peur.

Je cours dans la rue porter un peu d'argent au chauffeur déguisé en renne. Me transforme en gamine pressée de franchir les jours qui la séparent de Noël.

Au fond d'un placard, mon sapin synthétique. Mais les décorations sont en bois d'enfance. Je retrouve le lutin à la barbe plus tout à fait blanche qui a illuminé l'arbre de mes huit ans.

Déplier les branches froissées. Même si l'arbre tient de guingois, le père Noël peut arriver.

Profitant de mon sommeil, ma mère avait passé la soirée à placer les personnages de la nativité. Le matin suivant, je m'étais levée avant elle et, sans faire de bruit, j'avais refait à ma manière le village de Bethléem...

Je prends des notes sur saint François dans l'espoir de le reconnaître, car il viendra sûrement au café, il sera vêtu d'une tunique en jute, celle qu'on lui avait prêtée au moment de sa mort. Il s'assoira à une table, caressera le bois trop verni. Il fera de même avec la chaise, touchera le dossier de sa main rugueuse.

L'auteur du livre sur saint François évoque Van Gogh pour parler du mélange de souffrance et de compassion qu'on retrouve sur le visage du petit pauvre. Je rêve d'un ermitage et d'un toit de chaume, tout en sachant que je réclamerais mon fauteuil en cuir et mon radiateur portatif. Je rêve d'un compagnon qui possède la joie pour seule demeure, mais bien sûr, je ne voudrais pas qu'il construise une maison de bois et de boue. Qu'est-ce que je ferais d'un Van Gogh au génie corrosif, mais soumis aux intempéries?

Le petit pauvre sera attiré par la collection de canards du propriétaire, il croira que le serveur se moque de lui lorsqu'il lui jurera en trouver de semblables dans l'étang des parcs, au cœur de la cité. Il ne restera pas longtemps dans cet endroit où tout le monde semble arrêté, dans un état de contemplation qu'il connaît bien. La joie les a oubliés, pensera-t-il. Elle ne les a pas quittés, simplement oubliés.

Saint François trouvera étranges les conversations. L'ignorance érigée en ironie. Entendre «j'ai fait un burnout ce matin» l'étonnera. Lui, la joie, il la tient dans ses bras. Pour de bon. Au cœur des femmes, il a préféré les lépreux, écoutant cette injonction: «Va, Francois, et répare ma maison.»

Place des cathédrales, les boutiques installent leurs rideaux de fer. Je suis une des dernières clientes. À force de fixer les rideaux, je reconnais un point dans la ville : l'église où ma mère allumait des lampions.

Je m'attarde, trouve mon coucher de soleil au comptoir à brioches. Noie mon âme dans le café. Le bonheur de ne plus sentir son âme. Mais lorsque je prends un peu de crème, toute mon enfance revient. Alors je ne peux plus faire semblant. Je dois sortir regarder le ciel tomber.

Je comprends cette insulaire à la pointe du continent. Sa demande de suicide assisté. J'imagine cette femme sur un pic enneigé. Descendant une dernière fois. Elle ne peut plus croiser ses bras sur sa poitrine pour se calmer, se bercer. Placer ses paumes l'une contre l'autre. Les dix doigts ne sont plus qu'une main qui appelle.

Combien de temps peut-on survivre sans bras autour de soi, avec la soif qui certains jours nous fait disparaître un peu?

Ils sont deux, ce nombre est-il nouveau pour eux? La femme essaie de séduire mon merle d'Amérique. Elle lui raconte sa vie, tente de deviner la sienne. Ses mains dessinent des arabesques, des toiles d'araignée. Elle se penche au-dessus de la table, rapproche son visage de celui de l'homme. Qui sent son haleine. Haletante, elle dit : «Tu sais, je ne suis pas envahissante.»

Je me laisse bercer par le bruit des machines espresso, des pages qu'on froisse. Comme si je lisais une carte du monde par-dessus une épaule aimée.

La femme raconte son rêve, elle entre dans sa chambre d'enfant, rosit les joues de sa poupée préférée. Qui la mord. «Comme moi», échappe son compagnon.

En première page du journal, une entrevue avec une primatologue. Si une femelle chimpanzé veut approcher un mâle, elle le regarde, bouge tranquillement, comme pour dire : «Je ne veux pas te déranger, simplement être près de toi.» À cause de ses mains, j'imagine la chercheure demeurer dans un mouvement lent, près des terres où l'homme lui donne envie d'aller. Elle sait être tranquille avec lui.

Après le souper, prendre autant d'air qu'il y a de nuit. Au retour, retrouver les odeurs qui m'ont échappé lors du repas : dès l'escalier la maison sent bon le gingembre... et la maison. Comme quoi tout me ressemble ici. Trop?

J'ouvre la fenêtre. «Tu vas prendre de la fraîche», j'entends ma mère, «si tu crois que je vais te soigner!». Les premières heures, elle ne s'occupait pas de moi. Seulement, ma mère se sentait vite coupable. Elle devait me conduire intacte jusqu'à l'âge adulte. C'était impossible, l'impossible était si beau. Dans cette fièvre, ma mère était douce. Elle m'appelait avec des caresses et un potage léger comme la brise des vacances, mes draps devenaient des chasubles de damas, sous mes couvertures j'étais reine.

«Voilà le miel de Madame.» Ce café est bien le seul lieu où je peux laisser couler du miel dans mon espresso. Et sur mon cahier.

L'homme aux lunettes rondes a enlevé tous les objets de sa table. Sucrier, cendrier, cuillère. Est-ce ainsi qu'il bâtit son nid? Il copie des paragraphes entiers d'un livre aux pages jaunies, passages qu'il biffe une fois sur deux. Lorsqu'il lève la tête, le serveur ne regarde pas dans sa direction, un enfant puni, arraché à son jeu. Vite, un café, il est sur le point de supplier.

Le serveur enlève sa casquette, lisse ses cheveux, se verse un verre d'eau. Les clients du quartier achètent cigarettes, crème et, bien sûr, café. Lancent : «À demain», en repartant.

On a apporté du lait chaud à mon merle d'Amérique avec son deuxième café. Le sens du monde semble plus transparent. Parfois, les habitués commandent un café au lait juste pour prononcer la dernière syllabe. Lait. Le blanc de leurs yeux s'agrandit.

Ronronnement insistant des légumes qui se transforment en potage. Les bruits rapprochés pour l'ail, plus distancés pour les piments. L'impression d'être dans l'estomac du restaurant et d'entendre des sons distincts.

Après la minestrone, le club-sandwich requiert toute mon attention. Pas question de lire les journaux. La table est devenue trop petite; les tranches de pain, trop imposantes. L'air de rien, mes deux voisines m'observent. Je n'engloutis pas mon pain trois étages, plonge méticuleusement les juliennes dans la mayonnaise.

Mes voisines discutent de dramaturgie. Des professeures de théâtre? L'une d'elles se vante de n'avoir pas mis les pieds dans une salle depuis des années. Je laisse mon assiette jonchée de frites, commande un déca, sans goût. Elles parlent de l'élimination progressive de la pauvreté. Je m'ennuie de mon mur de briques et des habitués qui savent s'inquiéter en silence, à petites gorgées.

Cette conversation sera suivie, c'est du moins ce que je m'amuse à deviner une fois dehors, d'un échange endiablé sur les vertus de la cire chaude.

Sa jambe a attiré mon attention. Elle giguait. Puis, une femme est arrivée. Rousse. Sans l'attendre, l'homme aux lunettes rondes l'espérait sans doute. Son autre jambe s'est mise à bouger.

La femme lui raconte la visite de sa mère. Cette dernière lui a demandé un «pot de café». Elle avait souvent entendu cette expression, même si elle ne boit que de l'Ovaltine. La fille a répliqué : «Une tasse, pour toi, c'est une bombe.» L'homme sourit puis d'un hochement de tête commande deux espressos. Le pied de sa partenaire commence à sautiller. Elle approche son visage, soudainement clair, lumineux, porté par la peur.

Il tremble dans sa voix. Basse au début, celle-ci s'élève à mesure qu'il regarde cette femme. Croit-il l'impressionner? Sa tête reste penchée, même lorsqu'elle le regarde dans les yeux. Son sourire, un cadeau qui attend d'être ouvert.

Connaît-il d'elle ce moment où elle ouvre la main? Je veux dire que la main s'ouvre vraiment.

Mes mains sont collées par le citron, je ne les lave pas tout de suite, j'attends qu'elles s'imprègnent des lamelles de champignon et d'ail. Le comptoir est loin d'être immaculé, mais il est vivant.

Être assise dans la familiarité de la cuisine, avec en guise d'occupation l'attente non pas d'un téléphone mais d'un mot : bonsoir... Devrais-je patienter jusqu'aux nouvelles où le journaliste au légendaire sourire me saluera?

La cuisine : là où la solitude se gorge d'échos. La louche, le bougeoir, la théière surmontée d'une abeille... Le sifflement de la bouilloire devient un aria de Bach; mes occupations, des pochettes-surprises d'où j'espère voir surgir la joie.

La voisine regarde par la fenêtre. Chacune seule face à la neige.

«Je veux un bol... de café... au lait.» Pour cette femme, c'est la forme du récipient, son idée, qui importe. On lui apporterait un bol de bouillon et elle ne dirait mot, ses mains esquisseraient une prière.

«Je suis capable tout seul!» Son père s'apprête à lui attacher son manteau. Une offre irrecevable à quatre ans. Étant un peu plus vieille, j'accepterais avec empressement, cabrerais les reins dans l'attente d'un je-ne-sais-quoi de jouissance floue, agile, floue... Sa galanterie m'illuminerait autant que s'il me déshabillait sur une natte de roseau.

Commencer par le cadre. Toute la soirée, jouer avec un casse-tête. Le ciel rend la tâche particulièrement difficile. Distinguer les cumulus des stratus, passe encore. Mais démêler les tons de bleus!

Pas de soleil dans le casse-tête. Seulement une grange brûlée. Prendre plaisir à la reconstruire. Une longue clôture. Renoncer. Un enchevêtrement de piquets de bois brun! Garder les montagnes pour la fin.

Mon regard va de l'image sur la boîte à cette farandole de morceaux et à cette image, plus grande, en train de se former. L'impression de deviner les instructions de Dieu. De mériter le poulet-fenouil à l'arôme insistant.

Je ne terminerai pas mon casse-tête. Pourtant, j'ai hâte au prochain. Je ramasse les pièces éparpillées sur les lattes du plancher. La blondeur du bois et les arpents de blé se confondent. Je glisse la boîte sous le divan.

Près de la caisse, un bol à café rempli de clémenti-
nes. L'homme aux lunettes rondes se lève pour en
saisir une. Détache les quartiers et fait gicler le jus
dans la bouche de sa compagne.

Ils rapprochent leur tête, échangent les couleurs
de leurs pupilles. S'embrassent plus discrètement que
les jeunes couples. La femme raconte un événement
de son enfance, des inflexions d'abord tendres puis
inquiètes dans la voix. «Tu ne m'interromps pas?»
Mon merle d'Amérique se tait. «Quand on ne me
coupe pas, c'est comme si on ne m'aimait pas.»

Ses lèvres remuent. Mon merle chante-t-il un
fado en secret? Il se tait, mais son visage, non. Les
inflexions tendres reprennent. La femme évoque une
chatte angora qui se couche entre les pattes d'un
épagneul. Elle revient plusieurs fois sur cette image. Ni peur ni froid. Lorsqu'il est là, elle n'a jamais
les poils hérissés.

Je les regarde, il m'offre le dernier quartier en
disant: «C'est bientôt Noël.» Sa compagne sourit.
Ses yeux m'accompagnent quelques secondes, jusqu'à ce que la femme angora propose : «On y va?»

Dans le journal, la reproduction d'une carte postale. Deux Londoniens s'envoient les mêmes vœux de nouvelle année depuis soixante ans. Plus les années passent, plus le sourire leur monte rapidement aux lèvres.

Vingt-quatre décembre, certains traînent avec eux des sacs qui débordent de surprises, des présents, superbes à en croire leur emballage. D'autres ne traînent rien et restent là, atterrés.

La bouche en ventouse, les habitués portent la tasse à leurs lèvres. La solitude, moins grande.

Au retour, dans la rue, des chants de Noël, des joies sautillantes. Admirer les décorations. Souvenirs périssables puisqu'on y revient.

Selon certains historiens, Marie n'a pas donné naissance à son fils dans une crèche, mais dans une cave. Le jour baisse si vite.

Au lieu de la programmation habituelle, la télévision diffuse des reprises, dont une émission de talent amateur. Au piano, une dame aux cheveux blancs joue, je reconnais lentement l'air, *La Maison sous les arbres*. Les notes, une à une, comme des brindilles. Après les applaudissements, je fredonne le dernier couplet : «Mais pour l'habiter, c'est bien entendu, tu devras marcher les pieds nus. Les pieds nus.»

J'enlève mes trois paires de chaussettes. Appuie consciencieusement les talons au sol. En plein hiver, mon rez-de-chaussée se révèle aussi froid qu'un rez-de-chaussée peut l'être lorsque la cave abrite des souris plutôt que des souvenirs. Aux endroits abîmés, le plancher dégage davantage de chaleur. Je m'attarde près du comptoir, là où je rêve d'une fenêtre pour essuyer les coupes de vin avec plus de transparence. Ensuite, je fais zazen près de la table de cuisine, contourne les chaises comme les confidences râpeuses. Je me rends là où c'est encore plus chaud, près de ma table de travail.

Je commence à prendre froid, la chanson perdrait-elle de son emprise? Je me recroqueville dans le fauteuil de cuir, talons peau contre peau.

Sitôt entrés, les habitués se précipitent à la recherche d'un regard. Est-ce ainsi qu'ils quittent le froid? Chacun d'eux semble attendre le moment où il pourra se distraire de lui-même. Dehors, les autos valsent, la cabine téléphonique est plantée dans le verglas. Pour la première fois, je n'arrive pas à goûter mon café au lait. À la une du journal : «Un grand homme est mort.» Mes souvenirs ne le retiennent pas.

En sortant, je suis tombée, je ne me suis pas blessée, la même chute, enfant, m'aurait fait mordre les lèvres, mordre pour ne pas pleurer, mais je suis devenue la grande fille que je rêvais d'être. Et lorsque j'ai envie de pleurer, je ne me mords plus, je pleure, tout simplement. J'ai pensé à la femme âgée que je serai bientôt, oui, bientôt, je me casserai l'os de la hanche et ne pousserai pas un cri, les déchirements éclateront au-dedans, avant le matin. J'ai toujours rêvé de mourir entre deux rêves. Tout simplement, glisser dans l'oubli.

Troublant d'entendre cet homme pelleter, tracer un chemin pour son garçon et sa femme. Les morceaux de neige se détachent dans le silence. Le soir à l'œuvre, les heures deviennent plus heureuses.

Me revient pourtant cette prophétie : «Une femme qui a tremblé tremblera.»

Trente décembre, je lis, m'en rends compte peu à peu, un livre déjà lu. Cet après-midi, au centre-ville, les vitrines de Noël. L'étable, les personnages de faïence. Petite, je tenais les rois mages dans ma main et consolais l'enfant emmailloté.

Je me suis acheté des aubergines marinées, fortes, l'huile est absorbée par le pain, je pense à ma mère qui allume des chandelles pour elle seule à l'heure du souper, acceptant enfin de se faire plaisir. Nous nous ressemblons.

Ce soir, le froid encore plus vif. Je coupe mes gants pour écrire. «Attention tu vas t'abîmer.» Le teint. Les seins. Les abricots protègent du cancer. Attention à toi. Tu vas me perdre. Tu devras grandir sans jamais me dépasser. Attention. Tu vieillis.

Cette peur de mourir dans la maison, tellement présente à l'approche du nouvel an.

Pourtant je sais. Comme à chaque année, je remiserai mes décorations de Noël bien après l'Épiphanie.

J'arrose mes plantes. Le premier de l'an, cela prend un sens particulier. L'impression accrue de faire partie du siècle. Même si nous le quittons bientôt. Peut-être est-ce lui qui nous quitte, déçu de nos courages conditionnels, de nos enthousiasmes essoufflés.

«Vieillir, c'est reconnaître l'inutile», commente la Fanfreluche de mon enfance. Il neige, des femmes âgées marchent, courbées. Je les observe entre deux coups d'œil à l'écran. Un pas contenu, comme si elles voulaient aller plus vite tout en sachant que leur corps ne le supporterait pas. Sur le bord du trottoir, un sapin couché, abrié de glaçons.

Me revient cet autre reportage, diffusé le matin de Noël, la religieuse refusait que ses malades passent à la télévision. Pour elle, chaque victime a un visage.

Je vis dans une ville, près de tout. Si loin de moi parfois. Pourrais-je m'habiter dans le vertige?

Le propriétaire a ajouté un canard à sa collection pour saluer la nouvelle année. Plus petit que les autres, de l'ocre sur les ailes, il voyagera avec le soleil.

Dans le journal, un homme explique comment il en est venu à baptiser les rochers. À la fin de l'entrevue, je l'imagine s'extirper de son fauteuil et murmurer à la journaliste : «Pour ton article, je t'ai rendu service; toi, tu m'as aidé à passer la soirée.»

On joue un Stabat mater. En secret, je remercie le serveur. Les sœurs McGarrigle résonnent aussi, parfois. *«No more candlelight.»* Encore merci.

«Voulez-vous le journal?» «Attendez, je vous tiens la porte.» Ces attentions me ramènent à mon état d'être humain.

L'envie de me mêler à la conversation lorsque les gens cherchent le titre d'un livre ou d'un film. Les envelopper de ma mémoire.

Un touriste français commande un sandwich aux rillettes, que le serveur emballe dans du papier brun. Je revois ma mère se pencher vers moi, enrouler un foulard serré serré autour de mon cou. Encore merci.

Le lundi, c'est plus calme au café. Haendel, les habitués, peu d'étrangers. Bien qu'ici, les habitués soient souvent des étrangers...

Entre eux, un album de photos. Je devine une maison, un jardin, mais un repère géographique dans leur bouche m'étonne : «À côté du Grand Canyon.» Ils sortent les épreuves des cellophanes pour les voir de plus près. Je les sens s'envoler.

La serveuse énumère les potages. Aux lentilles, au chou-fleur, parmentier. Des potages du temps de la guerre, dirait ma mère. Une cliente demande «beaucoup beaucoup de pain»! Tenir jusqu'au prochain repas. Des pâtes sans doute. Lorsque des clients entrent et ne peuvent s'asseoir, faute de place, je me prends à penser : «J'ai une table, moi!» Je ne suis pas obligée de m'asseoir sur un tabouret. Un banc de parc. Mais bientôt, j'ai peur qu'on me chasse. Je me rassure, je suis une habituée...

Je me souviens de ma première maison, ma première enfance, et du café qu'on faisait bouillir, il ne restait plus une once de caféine. Nous rajoutions beaucoup beaucoup de sucre...

Je me perds parmi les titres, hésite, me décide pour un roman d'espionnage. Un homme s'approche de la caisse, énumère les livres d'une écrivaine. Le caissier ne les connaît pas. L'homme ajoute qu'ils sont de sa fille, morte la semaine précédente. Le caissier se souvient avoir lu «ça» dans le journal. Je cours éplucher les rayons de poésie. En cherchant, les larmes me montent aux yeux. Je reviens bredouille, l'homme est parti. J'aurais voulu lui offrir les livres-amulettes. Lui dire que j'aimais que sa fille ait existé. Cette idée-là, que sa fille ait existé. Fait-il le tour des librairies pour la retrouver?

Du blanc, ensuite du rouge. En buvant, se mettre à espérer d'autres saisons. Des chaleurs qui collent à la peau.

Ils ont parlé de tous les sujets : l'endroit où le fleuve s'agrandit, les cépages californiens, l'aspect monacal du télétravail, l'engouement des citadins pour leur jardin, les cueilleurs de café qu'on traite comme des esclaves, le moment où le ciel se vide.

«Si peu de nous», semble suggérer la femme rousse.

L'image est arrivée par satellite, un satellite qui transporte malheurs... et victoires parfois. Le premier président noir de l'Afrique du Sud. Pantalons marrons. Chemise orange. Sandales souples. Son sourire ne prétend rien. Il réapprend, simplement, la joie. Le même bonheur sur le visage des fillettes lorsqu'elles voient surgir des villes et des princes dans les bulles de savon, les premières du printemps.

Ils se regardent. N'en croient pas leurs yeux. Doivent recommencer. Se tiennent les poignets. Tendrement. Beaucoup trop tendrement.

La table des amoureux se transforme. Un jeu d'échecs, en plastique, comme une nappe, avec des pions légers. Difficiles à déplacer.

«Quatre ans, c'est grand.» Il replie son pouce pour m'indiquer son âge. Sa mère : une ancienne serveuse qu'on couve d'attentions. On la laisse raconter son histoire de garde pas vraiment partagée, de pension qui prend l'eau comme les bottillons du petit, discrètement on subtilise son addition.

Sur sa chaise, l'enfant s'impatiente, puis il entend une chanson argentine, trouve une autre manière de se dandiner : avec les épaules. Il me montre son chandail, «de karaté, précise-t-il, je suis invincible avec». Je lui demande le sens de ce mot. «Que rien nous tue.»

Dehors, la boue annonce le printemps. Je ne m'en rendrais pas compte sinon. Je ne remarque qu'une fois sur deux les bourgeons, j'ai besoin de l'apparition des feuilles pour regarder vers la cime.

Le printemps, oui, la boue, les bourgeons hésitants, la pluie... et les couples. Je rentre dans la poissonnerie. Les amoureux et les odeurs se mélangent. Vite je choisis ce dont j'ai envie, une portion de joie salée.

Le printemps commence avec un *ceviche*. Lime, poivre rose, pétoncles : n'en faire qu'une bouchée. Le piment donne ce qu'il faut de vertige.

Les canards près de la caisse n'appartiennent pas tous à la même famille... Ce genre de réflexion me vient lors du passage des saisons. Peut-être suis-je plus sensible aux atmosphères. Certaines chaises semblent plus habitées que d'autres. À cause de la lumière? Le temps passe comme si la mort était en suspens. Comme...

La complicité des vieux couples. Cette crème qu'ils partagent, le sachet de sucre que l'homme glisse dans la tasse de sa compagne. Connaître à nouveau la becquée des amoureux.

La douleur est moins grande dans un café. Sinon, je dois me consoler avec des jouets qui coûtent cher.

Le printemps est là, dans les soucoupes et les brioches. Les cris des enfants, excités par ce réveil.

Pourrais-je, sans café, m'habituer à la mort?

Le sommeil de l'après-midi. On tombe sans tomber. Je suis sortie du lit, je n'ai pas regardé l'heure, dehors j'ai croisé un ancien voisin. Il avait entaillé l'érable en face de chez lui. J'ai regardé au fond de la chaudière. Rien. Est-ce moi qui ne sais pas voir? Il m'a promis de la tire. Je penserai à lui en la goûtant.

Une clôture enguirlandée de cintres, une armoire en cèdre, deux tables de réfectoire. La première vente de garage de l'année ne se rate pas.

Une femme s'avance, offre cinquante cents pour un foulard. L'une des vendeuses acquiesce, l'autre s'indigne : «C'est neuf! De la soie pour le prix d'un café!» La troisième réprime un fou rire, continue de coller les étiquettes sur les objets d'enfant : poussette, chaise haute, lit à barreaux. Sa petite fille manifeste sa hâte de voir disparaître les preuves qu'elle a été un bébé. La femme repart les mains vides, la vendeuse conciliante sermonne sa complice : «Tu vends trop cher, cela n'a pas de prix, de toute façon.»

L'air est doux, les gens étrennent leurs vélos. Parlent d'ouvrir un gîte du passant. «Juste pour ralentir.» Au milieu des rires en cascade, les bohémiennes vendent théière et patère, un coq porte-bonheur, une lampe oubliée dans un placard. Mes yeux brillent comme ceux de la petite fille, je me crois à Noël. Chandelier, encensoir, coupes : une vie.

J'ai été au marché et à cause des odeurs, j'ai fait une ratatouille. De printemps. Courgettes bronzées et aubergines dodues. L'abondance dans un chaudron. Puis je me suis accroupie pour choisir les impatientes, avec des couleurs de jeune mariée. Je veux être là lorsqu'elles s'ouvriront. Viendra-t-il?

Dois-je saluer l'initiative, la décrier? Le propriétaire a peint en turquoise le mur où se trouve *La Jeune Fille au turban* de Vermeer. Cela donne de la lumière... cela ne va pas du tout. Mon café n'a pas le droit de changer.

Je pardonne facilement. On me connaît ici, je peux balayer mes miettes du revers de la main, faire fondre quatre sucres dans mon café, laisser ma table devenir un chantier. Élire des yeux un contremaître.

Le dimanche, si je reste chez moi, la foule me manque. Lentes envies de rien. Une seule idée : retrouver mon café. La faïence des autres refuges n'évoque aucun silence. Ici, les tasses sont blanches, simples, si réelles. L'anse, sa légèreté jusqu'à la bouche. Le serveur replace mon napperon, subtilise mon assiette vide... s'occupe de moi.

La rue s'anime, les flâneurs s'agglutinent autour des terrasses. Viennent-ils surprendre le soleil? Je ne quitte pas mon refuge. Voir les sourires s'éveiller au vent me suffit.

La table que j'ai choisie est à l'écart, mais pas trop. J'ai besoin de voir les autres apporter le dimanche avec eux.

Au retour, un enfant claironne : «Regarde-moi attraper le vent.»

Pas très loin de chez moi, une femme sur sa galerie. Quelqu'un de l'immeuble l'apostrophe : «Maudite grosse torche!» L'entend-elle? Chaque fois que je passe dans sa rue, elle parle au téléphone. Son rire : trop appuyé pour que je puisse croire à son plaisir. Elle est entourée de son chien, de ses plantes dont elle s'occupe avec beaucoup plus de soins qu'elle n'en déploie pour son propre corps.

Sa robe, bleue, égueulée, à la coupe défraîchie. Reste-t-elle dehors à longueur de journée? Bouddha débonnaire.

Sur le sol, chacun étend une couverture de laine. Vend ses derniers effets. Vaisselle, vases, vêtements. Cela se déroule sur un autre continent, mais lorsque je lève les yeux de mon journal, j'ai l'impression que l'un de ces déshérités s'approche de ma table. J'achète alors une carte, sans souhait à l'intérieur, de cet homme qui se promène avec une valise d'enfant.

Aujourd'hui, je ne vois des habitués que leurs mains. Sans alliance. Prêtes à saisir un plan de la ville, une cigarette, une mission à accomplir. Elles jouent avec un trésor... ou le cherchent. C'est un vieux trésor, si on frotte la joie resplendit, les paumes frémissent.

Plomb, sanguine, fusain, la jeune fille dessine. S'empare de sa gomme sitôt un trait esquissé. Fixe un point : sa main. Qui se confond, posée à plat sur la table, avec la blondeur du bois. Elle s'applique. Enfant, j'essayais de tracer le contour de mes doigts sans m'arrêter. Si je n'y arrivais pas, je mourais ou, pire, je ne trouvais pas de prince. Le tracé était rempli d'hésitations. Mon espoir, haletant.

L'homme aux lunettes rondes s'assoit, sans s'appuyer, comme s'il attendait qu'on lui crie : «Débarrasse!» Il pose ses mains l'une sur l'autre. Les berce. Replie les doigts. Les paumes, même moites, sont un abri.

Un garçon, dix ans tout au plus, entre dans le wagon. Samouraï, il ne s'appuie sur aucune barre de métal. Concentré, les paupières baissées. Dans quel film joue-t-il? Il ne joue pas, le nombre de secondes sans s'appuyer ni chanceler garantit son triomphe. Ce n'est pas de la fierté, plutôt le sentiment du travail bien fait. Il finit par s'asseoir, extrêmement calme.

À l'arrêt suivant, je ferme les yeux et devine en face de moi un couple d'adolescents. La fille glousse lorsque le garçon la taquine. Il émet un commentaire sur un film ou un groupe rock, et elle ponctue : «Génial!» Chaque fois. J'ouvre les yeux. Le garçon paraît las et, en même temps, ému par cette admiration qu'elle lui témoigne si généreusement.

À la sortie du métro, une femme avec une longue jupe froissée multiplie les affiches sur les poteaux de téléphone. «Vente de trois garages, peut-on lire, venez-nous voir.» Une autre attend que le feu change et chuchote dans son cellulaire : «Ajoute un couvert pour souper. Je serai là.»

La jeune fille lit un journal qui n'est pas le mien : trop de faits divers. Pourtant, il m'arrive de le parcourir. Plus les meurtres sont horrifiants, plus le monde m'apparaît lointain et flou. Rassurante distance.

La jeune fille fait des mots croisés, je souhaite qu'elle enrichisse son vocabulaire, comme une mère bienveillante, un peu trop inquiète. Très absorbée, elle ne sourit pas aux définitions, ne hoche pas la tête. Si je pouvais posséder cette innocence.

Demeure, mendiant, chevalier. Quelles définitions la touchent le plus? Les chevaliers sont choses du passé, pense-t-elle, à quoi bon s'encombrer de ce mot? La jeune fille ne pense pas ainsi. C'est moi qui aime les chevaliers et aimerais ne pas les aimer. Les retrouver ailleurs que dans les mots croisés.

Je n'avais pas remarqué l'arrivée de la femme rousse et de mon merle d'Amérique. Il se caresse la cuisse au rythme des aiguilles sur sa montre. Se plaint qu'il n'est pas un être passionné. Aucun volcan en lui. Que peut-elle répondre, à part : «Je ne sais pas»? Vite il parle d'un cinéma qui n'existe plus, du prix exorbitant du maïs soufflé. «Tu oublies la saveur», réprimande sa compagne. L'homme ne dit plus rien. Sa main enlace la tasse, la repose. Incapable de calme. Il finit par prononcer : «Avec de l'argent, ça va être plus facile.» Pour la première fois, je me demande : comment peut-elle être séduite?

Le parc : des tables à pique-nique plantées dans le sol pour que les Italiens jouent aux cartes... en attendant leur jeu préféré. Un homme apporte des boules de pétanque dans une chaudière. Ses camarades l'accueillent avec des exclamations de joie, lui demandent : *«Come sta?»* en écrasant leurs cigares. *«Cosi Cosi.»*

Autour des tables désertées, une fillette gratte la terre avec une branche, minutieusement. Lorsqu'elle dépose la branche, son frère vient la retrouver, lance le Frisbee qui s'accroche dans un arbre. La petite met la main devant sa bouche avant de s'esclaffer, le frère fait danser les feuilles de l'arbre avec la branche, le Frisbee tombe, l'herbe sent l'herbe, ils repartent ensemble, manifestement heureux.

Près des jeux, essoufflé, un enfant demande une histoire... Blanche-Neige. Le père acquiesce, «mais une autre Blanche-Neige». «Sans méchant?» demande fiston. Ses bras dessinent des arabesques pour mimer les monstres. Il se remet à courir, fait signe à son père de le rattraper. Déjà l'été, la nouvelle lumière, les mains ouvertes, la beauté du soir qui grimpe aux arbres. J'oublie pour un moment le miroir de la sorcière.

Sur le chemin du retour, une marelle multicolore. Le mot paradis à la dernière case. À contourner.

Dix heures. Je reste allongée, la position de rêveuse est ma préférée. Je me sens vaguement coupable, vaguement heureuse. Je rêve qu'il n'y a pas de soleil, que le café est froid, que mon lit goûte meilleur. Personne ne vient me réveiller. À part le soleil.

En profiter pour déplier ce que la nuit a laissé. Le monde qui s'est précipité, sa splendeur poreuse comme les mousses. Descendre au jardin. Pourquoi cette expression, avec seulement deux marches à descendre? Ramasser une pierre. La laisser tomber.

Cet après-midi, je regarderai une émission sur les jardins, irai au dépanneur Nam m'acheter des glaïeuls.

La terrasse, moins invitante que le café. Il ne manque pas seulement la musique, mais *une* musique. J'y vais rarement. À la mi-juillet, c'est la première fois. Je m'ennuie déjà des canards de bois et de Vermeer... Devrais-je rentrer? Je suis une petite fille, toujours sur le seuil.

Je reste là, les yeux fermés, à entendre mon couple d'Amérique discuter. La femme : «Ce n'est plus possible, tu comprends.» L'homme : «Je ne comprends pas, c'est possible.»

Lorsque je rouvre les yeux, le beurre scintille sous la chaleur, l'homme ouvre grand sa paume pour prendre le genou de sa compagne, qui finit par lui sourire.

Les vacances. Personne au café. Le bois des tables se détache plus nettement. Le patron sourit longtemps. Câlin. L'homme aux lunettes rondes a-t-il réussi à partir en voyage avec la femme rousse? Reviendra-t-il avec la barbe buissonnière?

J'aime la pluie en vacances. Plus elle tambourine, plus le repos pénètre en moi. Protégée de toute activité. Une pluie fine ne réussirait qu'à m'agacer.

Dans la rue, une fillette court, trempée, échappe ses Smarties sous l'œil sec d'un passant. Comment cet homme d'affaires profite-t-il de ses dimanches? Arrache-t-il les mauvaises herbes? Taille-t-il ses mûriers? Je voudrais arrêter le temps. Pour lui.

Ne pas quitter ma place, prendre un autre café, m'appliquer à ce que rien ne se passe. Tâche ardue. Pas le moindre bruit venant de l'âme ne doit être entendu.

La première fois, je suis entrée dans ce restaurant après un *road-movie* où deux femmes tentaient d'échapper à la justice. La fin : envolée tragique. Coups de feu à l'écran, applaudissements dans la salle... Accablement à la sortie du cinéma. J'avais mâchouillé mes frites. Aujourd'hui, je prends du pain doré, matin oblige. La serveuse réchauffe mon café, toujours aussi imbuvable. Qu'importe, je suis venue m'abreuver de réconfort.

Deux adolescents sirotent leur Coke en lisant à voix haute les titres du juke-box. Ils mettent une pièce et ironisent lorsqu'ils entendent : *«You're sixteen, you're beautiful and you're mine.»* Une jeune fille, jupe virevoltante et bas immaculés, nappe devant eux leurs crêpes de crème fouettée. Plus un son, ils marmonnent à peine merci.

L'éventail tourne, la porte s'ouvre, des pas de géant s'accomplissent sans que personne ne s'en aperçoive, rien ne me semble plus important que de transporter le sirop du pichet à mon assiette pour ensuite jeter un soupçon de beurre sur les tranches moelleuses.

J'habite une maison que je ne connais pas. Pas louée, non, empruntée. Loin dans un rang mais, c'est l'essentiel, près d'un lac.

Sur les tuiles de la cuisine, une fourchette. Quelqu'un s'est emporté puis a renoncé à la ramasser, pour ne pas se fâcher contre lui-même.

Je range les provisions. Souris. Quatre. Ce mot, myrtille, m'a coûté quatre dollars. Acheter le pot de confiture, pouvoir admirer à loisir le mot. Dédier mon week-end à la contemplation.

Je me fais une entaille au doigt en épluchant des pois mange-tout. Brûlure vivante. Le corps est si près du cri.

Le chat, partenaire obligé de la maison, pose ses pattes près de la casserole, quel attrait trouve-t-il aux carottes et aux rutabagas? Il épouse mon humeur, attend avec moi le déploiement de la musique. Gloria. Haendel. Sursauts de joie. Laisser les gousses d'ail éclater en bordure du palais.

Dresser le couvert. La soucoupe fêlée qu'on aime à cause du dessin, du moulin à vent qui tourne. Ces assiettes orphelines qu'on n'ose plus, en ville, disposer sur la table. Le vase en céramique et les fleurs séchées. La nappe au point de croix, avec une tache rouge, le sel ne possède pas toutes les vertus.

Tourner en rond dans la maison, songer à épousseter les meubles, renoncer. Allumer une bougie pour voir la flamme monter au ciel. Qu'est-ce que la flamme demande, sinon l'absolution?

Presque pas dormi. Les mouches, les secousses du sommeil. En ville, j'hésite toujours à me séparer de la nuit. Le réveil sonne faux, il amène un matin qui n'existe pas encore. Peut-être le matin n'existe-t-il que dans le travail ou la lumière.

Le café goûte-t-il bon à cause de la profondeur du lac? Le regarder suffit pour me sentir reposée. Repue de silence. Je n'ai pas une connaissance intime du silence. À la campagne, j'apprends. Devine la profondeur du lac. Sors le fromage un peu avant l'heure, fais décanter le vin, trompe la paix... juste assez.

Le plaisir, ce n'est pas quelque fruit d'hiver pour conscience frileuse. J'étends le double crème coulant sur un croissant au beurre, puis sur deux. La paix peut enfin descendre.

À peine revenue de vacances et voilà que je pense à mon projet du week-end : organiser ma fuite. Ce qu'il faut pour m'éloigner de moi. Consentir aux miettes de miracle, me tenir en deçà de la joie.

M'asseoir devant un chemin ou un repas, la même sensation d'avoir accès à un plaisir immédiat. Dans le wagon-restaurant, tremper mes lèvres. Rude, le vin. Comme je l'aime.

Les gens derrière moi parlent de ma ville dans une autre langue. Ils nomment des rues que je connais trop pour pouvoir m'y perdre.

En passant par les villages, on voit les gens bouger dans les maisons. J'arrive bientôt. Peu importe où j'arrive, j'arrive bientôt. Je ne sais encore rien des vents et des fleuves, des tonnerres et des paysages qui disparaissent. Plus rien des hommes. Leurs chutes.

Rester là, près de la fenêtre. À me demander où poussent les magnolias.

Dans tous les cafés de toutes les villes du monde, on joue Aznavour. Les têtes grises et blondes, ensemble, murmurent les paroles avant le chanteur. Des hommes qui n'ont pas le même passé prononcent une strophe de la même manière. «La Bohème... ça ne veut plus rien dire du tout.»

Mon voisin fredonne lui aussi. Son allure d'adolescent me séduit et m'agace à la fois. Fait-il exprès d'être maladroit? Sa barbe mal coupée. Les miettes qu'il échappe. Il m'exaspère, vraiment.

Je le regarde pourtant, et mes jambes lui appartiennent. Je le veux ainsi, je veux le silence précédant l'accomplissement, les fous rires qui moisissent au fond du ventre. Ces fous rires sont du sexe avant l'heure.

Flaire-t-il les femmes pour ne se contenter d'aucune? Peut-être ne cherche-t-il que le sexe et parfois cela suffit, je ne le nie pas.

Dans mes yeux, des éclats qui veulent dire : nous ne sommes pas encore ensemble, mais j'aimerais... j'aimerais qu'il fasse chaud, comme certaines premières nuits, certains premiers voyages.

Il veut ce que je ne veux pas, ce que je voudrais plus loin que lui, ce que nous ne savons pas de nous. Il me veut sans lune. Ni ventre ni cri. Peut-être préfère-t-il les chansons tranquilles.

Cette nuit encore, n'y aura-t-il que le sommeil pour me prendre?

Au grand parc, un homme se promène en pédalo avec son fils de six ou sept ans. Lui caresse les épaules lorsqu'une manœuvre trop brusque le surprend. Lui fait oublier que le calme n'est jamais vraiment calme.

Ils viennent s'asseoir près de mon banc. Le père explique les temps de verbe à son fils. «J'étais trop jeune. Ta mère et moi allons... Je viendrai te chercher. Je l'ai beaucoup aimée.»

«Chienne noire perdue aux environs du grand parc, téléphonez au...» Je reste assise sur le banc, l'air de dire : vous ne voyez pas que je suis perdue? Ramenez-moi à la maison. Le calme, pas vraiment pour moi aujourd'hui.

La jeune fille a un bras dans le plâtre, ce qui ne l'em-pêche pas de gesticuler beaucoup, de rire avec ses mains. Un groupe d'hommes d'une autre origine s'est attablé à ses côtés. Elle raconte l'accident, leur montre les signatures en écharpe, les graffitis de sympa-thie. Le sourire de la jeune fille les traverse tous, ils se mettent à lui parler de voyages, pour elle aussi la route est une maison. Elle les charme de questions, essaie de nouveaux mots, des syllabes colorées. *Buenos Dias*. Les rires multiplient les sous-entendus. La terre est vaste et les hommes sont si délicats, si pleins d'attention.

La cafetière sur une dalle, immense chauffe-plat. Le rêve en arrière-plan. Des heures sans bouger, un engourdissement heureux, à retenir cette seule et même phrase qu'est le rêve, une phrase qui dit : «Voici où tu trouveras des magnolias.»

La voisine compte ses lys. Deux bleus, trois jaunes, quatre... Ses enfants comptent avec elle. L'aident à étendre les draps. Des tourterelles.

Les lys et les draps se balancent au vent. Il n'y a pas de miracle, seulement le vide qui se magnifie.

La photo : posée près de la caisse, installée à demeure. Un déguisement de clown ne dénudant que les yeux. L'ancien propriétaire, m'a-t-on dit. Parfois quelqu'un demande de ses nouvelles. De moins en moins souvent. Il a perdu. Au jeu. Les gens ne disent pas «Il a perdu au jeu», mais «Il a perdu», «au jeu».

Les versions diffèrent. Sa femme l'a quitté. Son fils se pique. Un jour, quelqu'un a retourné la photo. «Je n'aime pas ce visage près de la caisse lorsque j'ouvre mon portefeuille.» Le maître des lieux a refusé de l'enlever. Une mémoire aurait disparu.

Je passe à la pâtisserie. Me taille une pointe de tarte normande. Descends au jardin. Lisse un napperon. Savoure le caramel des mots légers que j'ai apportés. Saurais-je me taire en la présence du soir? Sa lenteur opaque.

Le va-et-vient de ma voisine m'empêche d'écouter le soir. Je rentre, même si l'ennui fait davantage de bruit.

Lorsque les résolutions se transforment en habitudes, elles deviennent plus douces. Alors, bien sûr, on prend d'autres résolutions.

Être en accord avec la maison, luxe dont je ne saurais me passer. Jusque dans le jardin, être en accord. Avec les feuilles qui bruissent, les impatientes assoiffées, les dalles de moins en moins blanches. Sur la table, le chat du voisin. Sans y goûter, il renverse le pot de crème. Pour m'étriver.

Le félin fascine les enfants du voisinage. Ils tentent de le faire tomber, plusieurs fois. «S'il tombe, il meurt. S'il saute, non.»

Enlever les mauvaises herbes. Pas toutes. Laisser un peu de vert... Vivre seule s'apparente parfois à une fausse trêve en temps de guerre.

Couper du basilic. Plus tard, ouvrir le pot d'olives farcies, garnir une assiette de salami de Gênes et d'aubergines marinées. Verser le vin. En boire juste un peu trop. Attendre la fin du monde.

Bientôt, les samares tourbillonneront.

À la table voisine, deux anciens séminaristes veulent liquider leurs biographies de saints. J'ai failli m'écrier : laissez-moi celle de saint François! Le plus jeune porte un veston de tweed. J'imagine la douceur du tissu, les poils rêches sous sa chemise deux tons. Et je le désire, comme parfois le Poverello d'Assise.

Dans le journal, le témoignage d'une «Main noire» qui tue, pendant la nuit, les sans-abris. Une seule consigne : tirer le plus près possible de la tête.

Les séminaristes parlent de course à la canonisation. Je voudrais leur demander : «Montrez-moi une prière contre la fin du monde.»

Les gens commentent les élections, la météo, comparant le réel aux prévisions des journalistes. Une voix enterre toutes les autres. Près de la fenêtre, une femme. Et un homme ébloui. Elle lui pose des questions, plusieurs, répète son nom, laisse passer de la joie dans sa voix. Confiant, il évoque une baignade avec elle. Elle baisse alors le ton et lui assène : «Je n'ai jamais vu quelqu'un avec un aussi gros ventre.» Il garde le silence puis ironise : «Je suis enceint.» Elle le touche à l'abdomen : «Ce n'est pas si pire, c'est dur.»

Le ventre de la théière est tout chaud. La chandelle s'éteint dans un souffle de vanille. Je mets la chaîne de sûreté plus tôt qu'à l'accoutumée. Chaque capsule d'information m'intéresse, le bruit m'intéresse.

Chaîne 1. On transporte la maison d'un peintre. À cause de la pluie, elle s'enlise. On fait venir un tracteur et une plate-forme hydraulique pour l'installer dans sa nouvelle demeure : une fonderie désaffectée. Réussira-t-on à la glisser à l'intérieur du cocon de l'éternité?

Chaîne 2. Entre deux capsules, j'écoute le bruit de la laveuse. Certaines personnes agissent ainsi avec les sécheuses dans les lavoirs. Elles regardent les chemises tourner, les cols blanchir. Moi, seul le bruit me distrait... mon exaspération me distrait. Lorsque la laveuse a fini de ronronner, que j'ai étendu les blouses en soie, je retourne à la télévision. Mon exaspération disparaît, je me détends presque...

Chaîne 3. Une adolescente raconte son plus beau souvenir : le Noël où sa mère lui a offert la bague que son grand-père avait mise au doigt de sa fiancée. Son plus beau souvenir en est un de transmission.

Il est revenu! Plus courbé qu'avant les vacances. Docile, il amène sa tasse au comptoir, l'échange contre un verre d'eau. La femme rousse entre, le tire par la manche. Malgré les sillons sur son visage, elle n'a pas appris à chérir son territoire. Elle sait les marques, mais elle ne sait pas.

Les hommes de dos sont plus beaux... plus tranquilles? Le dos de mon merle, complètement courbé, il cherche, mon Dieu qu'il cherche, à comprendre. Notre seule ressemblance. Sa paume frappe son genou. «Je t'ai, commence-t-il, écrit des lettres sans les envoyer.» La femme a un rire contenu. Ses yeux voient clair, et sa lucidité ne cajole pas.

Est-il l'aîné ou, comme moi, enfant unique? Combien de soupers passés en silence porte-t-il en lui? Prétexte-t-il le travail lorsque la femme rousse propose une visite chez des amis, juste en passant?

Pour l'approcher, j'attends que le dehors lui sonne doux au-dedans.

Rue agitée : le soleil abreuve tout le monde pour cette vente de trottoir, la dernière de la saison. Oh! ce n'est pas la vie, mais l'agitation en est si près. Des patins à roues alignées encerclent les kiosques. Des hommes de quarante, cinquante ans protègent leurs articulations. Une fillette zigzague avec des patins roses et une robe à frisons.

Des adolescents chahutent puis prennent une voix basse, presque gênée, pour raconter leurs rêves. Dans le flou du mouvement, des corps de garçons qui grandissent trop vite. Le manteau ouvert, le regard frondeur, les cheveux dressés sur la tête. Soudain l'inquiétude dans les yeux d'une passante. La pluie tombe, les kiosques se démontent.

Fouiller dans une poubelle, qu'est-ce que ça fait? Je veux dire, comment on se perçoit? On tâte les objets, on les fait siens? On se sent faire partie d'eux?

On voit encore la lumière des arbres?

Serais-je devenue celle qui ne part jamais, pas même la nuit avec un homme? Je ramasse les miettes lorsqu'elles sortent du grille-pain. Certaines échappent à ma vigilance. Oh! seulement quelques-unes! Mais quelques-unes, c'est trop pour ne pas me rappeler que je vis seule. Sans chat.

Recevoir le calme de la campagne. Sapins, bouleaux, épinettes. Chaque écorce est une histoire. Ne plus m'ennuyer de ces gens qui marchent les mains dans les poches, le dimanche après-midi. Les comparses qui se reconnaissent au coin d'une rue. Proposent d'acheter du vin. Rouge? Si beaux, ils chahutent déjà. Les autres passants, les épaules boudeuses, mâchent leur gomme avec tant de vigueur qu'on se demande dans quel rêve ils sont.

Me promener au bord du ruisseau. Le moins possible de clapotis.

Entrer dans la grange, savoir que mes pas peuvent l'effriter, qu'il existe un danger, déjà, à être dedans et à regarder les poutres ravagées. C'est là le plaisir, une inquiétude heureuse. Éblouissante, cette constellation de brûlures. Le rouge, l'orange, le brun : un soleil mordoré.

Sur la galerie, un écureuil mort. Je n'ose pas le déplacer, il serait bien sous l'orme. Son corps de rongeur ramassé sur lui-même. Je prendrais la pelle pour l'ensevelir, déposerais des noisettes. Pour le voyage.

Dans chaque pièce, jeter son dévolu sur un objet. Une enveloppe laissée sur la table. Une toile que je reconnais dans le passage menant à la chambre. Vermeer, *La Jeune Fille au turban*. Tant d'innocence, je n'y crois pas, je voudrais tellement. Sentir que dans un visage, il y en a un peu.

Curieux, j'ai rêvé non pas à un loup, mais à un pékinois de dame riche. J'aurais souhaité que quelqu'un soit là pour écouter la voix des cèdres.

Si un homme venait réparer la plomberie, je l'inviterais à préparer le repas avec moi. Surveiller l'ébullition. S'il repartait sans avoir volé mon âme, je ne le supporterais pas.

«Madame désire?» Il me parle de cette journée d'automne avec un vent à faire peur. «On ne veut pas rentrer à la maison, les devoirs nous attendent.» Moud mon café. «C'est une lumière de sac d'école», dit-il sans se retourner. Enfant, il savait d'où venait le vent. Grâce à son mélange maison, j'inventerai une histoire avec des rois et des vestales qui sortent de leur peur.

Profiter des derniers jours de beau temps. Entendre les cordes à linge grincer. Sentir l'odeur de détergent près d'une buanderie. Les relents de vieux bois d'une maison condamnée. Voir le lac à midi, au grand parc. Les images se mirent, les rouges froissés, la lumière. L'ombre des peupliers. La paume molle d'un enfant grimpé sur son père. La tête de côté pour découvrir le monde et le contenir, le retenir tout entier, les yeux fermés.

Les garçons chantent à vélo, tiennent le guidon d'une main nonchalante. Les chiens courent après leur biscuit, les tamias se sauvent dans les arbres. Sauf un. Couché. Une voix sautillante murmure : «Il ne pourra plus courir, manger des cacahuètes? Jamais?»

Une équipe de la garderie se promène avec une laisse. Pour ne pas perdre la monitrice. Un gamin entonne bonne fête, il glousse : «Bonne fête pipi.» S'arrête pour une feuille zébrée de rouge. Pour un rien, dirait l'homme aux lunettes rondes. Hier, il ne prêtait pas attention aux enfants qui circulaient entre les tables. Pas indifférent, plutôt contrarié, crispé. Peut-être se demande-t-il : pourquoi ne naissons-nous pas déjà grands?

Les balançoires grincent, la monitrice aide les enfants à toucher le soleil, si bien qu'ils ne veulent plus partir.

Près de chez moi, l'abribus a éclaté en mille morceaux. De la dentelle de verre. Une fillette fait tournoyer son parapluie. «Je veux qu'il pleuve. Pourquoi il n'y a qu'un seul ciel?»

Ma voisine se plaint : sa nouvelle bouche lui déplaît. Les dents qu'on lui a mises ne sont pas les siennes, ses gencives le sentent. Sa langue aussi, les mots qu'elle prononce sonnent drôles dans sa tête. Sa compagne l'écoute, mais dans le domaine des maladies, la compétition est féroce. «Moi, ma vésicule biliaire...» Celle qui ne reconnaît plus ses mots hausse le ton et explique comment sa mère a surmonté sa peur des opérations en se laissant bercer par la voix d'un spécialiste de la rétine : «Vous pourrez jouer aux quilles en sortant de l'hôpital», lui aurait-il promis.

Je me remets à la lecture du journal, le moment fort est incontestablement la recette de *ceviche* de pétoncles au citron vert, poivre rose et coriandre fraîche, suivie de près par la fermeture du théâtre.

Mais, cela m'intrigue, l'homme aux lunettes rondes s'apprête à découper un article, entame de deux centimètres le papier puis se ravise. Il sort son carnet, note une vingtaine de lignes, remet le journal à sa place. Curieuse, je m'en empare. Un article sur le sens du territoire chez les animaux. Une phrase me frappe. «Quand deux bandes de singes hurleurs se rencontrent, c'est à celle qui hurlera le plus fort : la puissance des cris décide de la possession.»

Aujourd'hui, j'ai changé de café. Troqué les tables en bois pour celles en marbre. J'observe d'autres habitués, surprends d'autres élans. Si ma seconde maison déclare faillite, ce sera à cause de moi.

Brasser le sucre. Le café est un liquide insipide, mais l'espace qu'il creuse goûte le silence. De ma place, j'aperçois une église. Devant le portail, les couples passent, calmes, confiants. Les gens plus âgés ont une démarche solennelle, contenue. Pour eux, il n'existe plus de prière contre le froid.

Cette Polonaise, avec un parka d'homme et une jupe en dentelle. La lourdeur de ses pas, comme si elle voulait connaître l'asphalte. Intimement.

Près de la fenêtre, trois étudiantes. Les entendre refaire le monde, réinventer la lumière. Leur projet? Une pièce de théâtre, «toute simple, ça en mettra plein la vue». Elles ont besoin d'un tréteau, d'un rideau, d'une chaise. Trois fois rien. Elles dénicheront un vieil abat-jour. Je m'enthousiasme. Peut-être savent-elles encore où trouver une naïveté pas trop décapée.

Le jour baisse, l'église devient de plus en plus belle. Majestueuse, même si je n'aime pas ce mot.

En parcourant le journal, debout, l'homme aux lunettes rondes a-t-il l'impression de lire plus vite? D'absorber davantage de nouvelles du monde?

À Kinshasa, les organisations humanitaires accueillent les bébés orphelins du sida, collés les uns contre les autres. Des matelas douteux couvrent les sommiers de fer. Dortoir devenu mouroir. Des hommes en voient d'autres agoniser. Qui sera le prochain? Les pauvres n'osent plus donner leur sang, de peur non pas de contracter la terrible maladie, non, ils craignent simplement de s'affaiblir.

Les gens entrent dans le café en se frottant les mains. Leurs joues rougies; des enfants qui se retiennent de coller leurs lèvres aux clôtures métalliques. Les syllabes adressées au serveur se détachent difficilement. «Un espresso lait chaud.»

Sur le seuil, un mendiant a regardé l'assemblée puis a rebroussé chemin. Devinait-il à nos têtes penchées que nous n'avions rien à lui offrir?

Dieu merci, je n'avais pas encore remisé ma jupe blanche. Au café, les serveurs réinstallent les tables sur la terrasse. Les salades remplacent les soupes dans les bols. Les poussettes et les vélos s'en donnent à cœur joie. Pas moi. Je reste à l'intérieur. Le soleil réchauffe moins bien qu'Haendel.

À la terrasse, l'agitation de la rue ne laisse pas échapper beaucoup de confidences. Alors je me permets de renverser tranquillement du miel sur les témoignages des survivants d'une secte et de deviner les mots sous les gouttes. Le sens n'est pas translucide.

Avant de partir, j'observe un couple pendant plusieurs secondes. Ils marchent au même pas. Sans se tenir la main. Viennent-ils de se rencontrer? Le mouvement des bras, si souple. Une envolée. Je deviens invisible.

Une flèche sur le trottoir, une inscription à la craie : arbre encore vivant. Mémoire multicolore.

Le propriétaire a coupé ses cheveux, cela lui donne un air sévère... même s'il n'en est rien. Il remercie les clients de l'après-midi, qui n'ont pris qu'un café. L'horloge indique 17 h. La pâleur des visages aussi. Pourtant, plutôt que de rentrer chez eux, les habitués viennent ici. Se reposent-ils mieux au milieu du bruit? Ils troquent leur café pour du vin. Lèvent leur verre, plus ébréché qu'en été, au soleil qui n'est pas là, à une chanson qu'ils aimeraient réentendre, aux jours qui s'émoussent. Semblent tristes en repartant. La lumière ne réussit plus à camoufler le gris de l'asphalte. Le dénuement des érables.

La jeune fille tient une coupe. Ne la porte pas à ses lèvres. S'applique-t-elle à devenir un «bloc de chair rêveuse»? Elle guette la rue, la tête vers le temps qui, enfin, disparaît.

Colères chuchotées. Un couple utilise une technique qui m'est familière. Ma mère, lorsqu'elle parlait au téléphone, des sanglots dans la gorge, se mettait à pleurer... en anglais. «Pour ne pas m'inquiéter», expliquait-elle. Bien sûr, je devenais fébrile. Le jeune garçon, lui, s'agite pour rien. Ses parents discutent dans une langue étrangère. Il demande à sa mère de répéter, elle traduit avec moult déplacements. Ainsi, «*When you make love with an other one, at least make sure that my body will not know*» devient : «Je ne veux pas que papa parte pour un autre voyage.»

Dans une rue parallèle, un homme en salopette fait peur aux enfants... ravis. Il se poste près de son œuvre, une gigantesque sculpture suspendue. Je le félicite, il a hypothéqué son week-end pour fabriquer cette forme tentaculaire qui éblouira les enfants. Des citrouilles-lampions, des flocons de fantôme, un balai et... «Une belle sorcière», ajoute une petite fille. «Oui, une sorcière réussie», commente la grande personne à ses côtés.

Je me souviens des échoppes de tissus sur la rue des Italiens. Du plaisir que ma mère prenait à toucher chacun d'eux. Je la suivais, m'éloignant un peu lorsqu'elle s'indignait du prix de la gabardine au rouleau et proposait un «compromis». Me rapprochais lorsqu'elle décrivait ma future cape de mousquetaire. Ses doigts inventaient l'Halloween...

Bientôt, un dragon sonnera à ma porte, je prendrai un air effarouché et lui offrirai un sac-surprise. Glisserai quelques sous dans la boîte orange.

Les canards ont été placés dos à dos. Le propriétaire ne salue pas les clients. Hier, il s'est trompé dans mon addition. Je souhaite que cette tristesse ne résulte pas de problèmes financiers. Que deviendrons-nous?

Je remarque les objets comme si c'était la dernière fois. Près de la fenêtre, une jardinière en macramé. La jute tressée a laissé filer le temps, me voilà projetée des années en arrière. L'impression d'habiter une maison de campagne. Cette tranquillité...

Et Vermeer. Je cherche un lien entre l'immense portrait de Claude Jutra et *La Jeune Fille au turban,* sur l'autre mur. L'une se dévoile, l'autre se retient. Ils semblent se demander où... est le sens? Il se pose la question à lui-même. «Je cherche le sens.» Elle, à l'autre. «Trouve le sens avec moi.»

J'entends le proprio apostropher le serveur lorsqu'il entend Ferré : «Tu veux me faire pleurer?» On n'est pas sérieux quand on a dix-sept ans. «On n'est pas défait», murmure-t-il en passant près de moi.

J'examine à nouveau la photo du cinéaste. À l'époque de *La Dame en couleurs,* il frôle la cinquantaine. Son air soucieux, une histoire. Impossible à déchiffrer. Il ne me vient qu'une question : «Qui pleure ainsi en lui?»

J'aime les lundis au nouveau café. Je ne sais pas comment, mais le bonheur entre, une fêlure m'attendrit.

L'homme aux lunettes rondes! Habituellement, il est dans l'autre café. Il s'assoit près de la fenêtre, lit le même journal, prend des notes, rien ne change, semble-t-il. Toujours là. À vouloir saisir la portée de certaines images. Que l'univers redevienne un et indivis. Qu'il puisse, oui, y entrer.

J'aime sa façon de pencher la tête vers un mot, une biffure qu'il semble regretter. Plus importante que toute la page et le ciel autour. Lorsque la révélation ne vient pas, il penche davantage la tête. Réécrit le mot biffé.

M'entend-il lui adresser cette pensée : «Un jour, c'est promis, tu entreras dans l'univers.»

Soudain, il semble mordre dans une phrase. Rapproche sa tête du journal, tire une bouffée de cigarette et disparaît.

Le couple qui jouait la *Fantaisie en fa mineur* de Schubert s'est pendu dans sa demeure. Notes discordantes, égarées. Je regarde par la fenêtre, ne vois plus la cour tellement il pleut. Leur jardin calque-t-il le mien, mime-t-il la désolation? Les feuilles qui restent dans l'arbre se comptent sur les doigts d'une main. Je remarque davantage le mur de briques, comme au café, sauf que c'est dehors. L'ombre des branches remplace celle des habitués.

À la radio, avertissement de vent violent. Sortir secouer sa solitude. Personne au parc lorsqu'il pleut. On ne s'attarde pas. Sauf moi. Mes pieds s'enfoncent davantage dans le sol. Les bouquets de samares s'apprêtent à se détacher.

Au retour, j'allume la télévision, dans un centre d'accueil une octogénaire rêve d'un voyage au Portugal pour ses quatre-vingt-dix ans.

On dirait que la neige vient à moi par la fenêtre. Pourtant, nous sommes en automne, les manteaux sont ouverts, les foulards dénoués. C'est sans doute la lumière, celle qui donne envie de dormir. Un lent engourdissement.

L'une des serveuses fête son anniversaire. Au plafond : ballons et serpentins. Les gestes du propriétaire sont doux lorsqu'il s'adresse à elle. Elle prend sa pause, plus longue que d'habitude, s'exclame en poussant son assiette : «Comment faire semblant qu'on ne mange pas un sandwich aux tomates!» Oui, comment faire semblant?

L'homme aux lunettes rondes est seul. Il sort un livre. Enlève le prix. Qu'il soit gratuit et inestimable, bref, à lui. J'aime ce réflexe.

Mon merle parcourt une page ou deux, prend de longues respirations, regarde les tableaux sur les murs. Certains, j'en suis persuadée, pensent qu'il ne fait rien, un adolescent attardé. Peut-être s'attarde-t-il aux tracés les plus justes, aux lignes les plus pures, comme le héros d'*À tout prendre*. Peut-être est-il alors un peu plus que lui-même.

La serveuse m'apporte du lait froid avec mon deuxième café. Du lait froid! Je ne dis rien, fête oblige... Vingt ans? Je n'ose lui demander de peur qu'elle me retourne la question. Elle est belle, plus libre que je ne l'étais. Sa liberté n'a pas besoin des désordres qui m'habitaient pour exister. Elle a des rêves éteints dans les yeux, mais aussi des goûts de batailles d'oreillers. Elle mime «Laisse-moi devenir l'ombre de ta main», et dans son rire le désert s'ouvre.

Encore l'automne. À dix ans, je construisais des montagnes de feuilles pour pouvoir m'abandonner. Chuter.

Une femme entre dans le carré de sable avec sa petite fille. Une pelle, deux râteaux, trois châteaux. Sa jupe sculpte ses hanches. Comment s'y prend-elle pour jouer? Elle se penche, l'ourlet, elle aura à le reprendre. Une simple couture ce soir, après le bain de l'enfant. Enfiler l'aiguille, suivre la route, et se piquer le doigt.

Sur la glissade, un gaillard de douze ans. «Je suis le plus fort, tassez-vous.» Ce n'est jamais le tour du petit qui reste sur place, résigné. Enfin, c'est à lui, il n'ose pas descendre, le sable lui fait peur, les copains en arrière attendent, étrangement patients. Sauf le grand qui lance : «Attends-tu la fin du monde?»

Il bondit devant moi : «Je suis Hulk, je peux te tuer.» Je réplique : «Mais... on ne joue pas dans le même film.» Hulk s'éloigne en souriant.

Une petite fille sur une balançoire crie : «Pousse-moi plus haut. Amène-moi au ciel avec papa.» La mère est troublée, l'enfant lui prend la main et tente de la distraire : «On va aller manger des tartines à la maison.»

Enfant, lorsque je marchais vers le parc, m'apparaissaient tout d'abord les jeux de blocs, immenses.

Ensuite les escarpolettes. Seuls les jeux de blocs ne disparaissaient pas, l'hiver venu. Grimper, glisser, galoper. Sur la poutre, se tenir en équilibre le plus longtemps possible.

Le dimanche, j'allais dans la cour d'école, passais devant ces portes que les élèves ne franchissaient jamais. Lorsque la cloche sonnait, les plus petits puis les plus grands entraient deux par deux par la porte arrière. Pour le parc, merveille, aucune porte.

Le propriétaire a augmenté le prix du café. Vingt-cinq cents. C'est peu pour continuer à jouir de ma seconde maison.

Le cuisinier sort de son repaire, fait le tour des tables. En quête d'un clin d'œil? Je ne suis pas de ces femmes qui veulent être vues, je crois trop que la transparence est la forme achevée de la paix. La sainte paix.

Dans le journal, on relate un concours de cris initié par un confiseur nippon. Un jeune Japonais a atteint le plus haut degré de décibels : cent douze. Je n'aurais pas aimé partager son repaire.

Avant que la femme rousse n'arrive, mon merle essuie ses lunettes, aiguise son crayon comme d'autres leur regard. Se met à lire, lève la tête plus souvent qu'il ne change de page. Enfin, ils sont deux. Jusqu'à cette remarque : «Regarde comment tu es.» Je m'indigne pour lui. Cette phrase, meilleure manière de soustraire un regard sur lui-même à quelqu'un. Mon merle n'entend rien, ne regarde pas. Un voile soudain. Il retourne à son aiguisoir.

Alors à mon tour je deviens impatiente : pourquoi ne s'indigne-t-il pas?

Je viens de renverser mon café. En équilibre précaire, comme ma joie. Le serveur improvise une chorégraphie avec son chiffon. Je glisserai un pourboire plus généreux – plus contrit – que d'habitude.

Près de moi, deux comédiens discutent des livres dont ils ne peuvent se séparer. Les raisons invoquées : des auteurs dont ils s'abreuvent avant chaque répétition, d'autres à relire lorsque aucun ouvrage inconnu ne les tente, un confort qui les mène vers d'autres univers. Moi, quand je ne sais pas quoi lire, je me réfugie dans les passages déjà soulignés. Parfois, je ne comprends plus, mais savoir que j'ai déjà entendu la voix sous la voix me rassure.

Je feuillette un livre que j'ai déjà emprunté à la bibliothèque. Près d'une photo, une tache de rouge à lèvres, n° 46 de Chanel...

Les Algériens s'embrassent quatre fois et s'adressent un nombre incalculable de sourires. Sinon ils se saluent. Un coup de tête, voilà, je te reconnais comme faisant partie des miens. Plus tard, ils agiteront des au revoir, d'une main tranquille. J'aime les voir brasser leur crème. Ils ont la tête basse des gens aux projets disparus. Entre têtes basses on se regarde, des enfants qui veulent jouer ensemble.

Il boit son bol de café au lait comme il consommerait un potage, la cuillère à ras bord, je n'entends pas le bruit de succion. Seulement le plaisir. Quelques secondes, puis le sourire s'efface. Un chant discret. Envolé. Mon merle d'Amérique n'est plus avec la femme rousse. La place est libre... À son air chagrin, je devine que je ne gagnerais pas.

Avant elle, a-t-il vécu de grands bonheurs difficiles? Des saisons qui partent dans tous les sens, des déserts si petits. On ne peut même pas jouer aux quatre coins. Je ne gagnerais pas. Il a besoin de multitude. La femme rousse rayonnait de la clameur des orages à partager. Moi, mes traces s'effaceront. Car j'y crois : la puissance des cris décide de la possession.

Une religieuse passe dans la rue. Je me rappelle le silence qui résonnait sur le parquet ciré du couvent. Curieux, ce soir, on fête la Sainte-Catherine. Au restaurant, rien ne paraît. J'aurais espéré quelques papillotes de tire bien dure, des rires rebelles. Le silence règne, est-ce la nouvelle façon de célébrer? Une jeune fille qui n'a pas atteint l'âge fatidique met ses écouteurs. Traîne avec elle un assortiment de cassettes qu'elle retourne toutes les demi-heures.

Chaque fois que je m'offre un repas au restaurant, je choisis un nouveau livre... corollaire obligé du demi-litre de vin. Si quelques olives farcies redonnent quelque vigueur à la luzerne anémique, je m'avoue presque heureuse. Un mur où mon regard peut se perdre et le bonheur affiche complet.

Quel livre accompagne le mieux la pulsation du repas? Roman policier? Biographie? Lorsque j'en ai perdu le souvenir, j'achète un livre déjà lu, pour retrouver le miel. Un livre ample comme une plaine couverte de trèfles.

Mes efforts restent vains : ce soir, je fais fi de la liberté d'expression; on devrait interdire *Avec le temps* dans les restaurants.

Les deux cafés se ressemblent, le même mur de briques, je pense à une ancienne salle de séjour, une pièce où la vie peut passer, où la vie peut, surtout, arriver. Ici aussi, les serveurs ont des queues de cheval et les serveuses, des tresses. Grises.

Lorsque le soir baisse, la langueur est belle, moins triste. En face, l'école de théâtre retrouve son immobilité. Le serveur fredonne *Le ciel se marie avec la mer.* Je redeviens petite, «elle a voulu être coquette», imagine un prince, «du soleil en bouquet».

Le journal annonce : «L'été prochain, les femmes s'habilleront de nostalgie.» Je suis en avance...

Les gens seuls ont le regard un peu plus haut ou un peu plus bas que les autres. Le rêve affleure sur leur visage. Ouvert. Clair. Le temps s'absente.

Je pars pour donner ma place à quelqu'un d'autre. Plus jeune. Sans hésitation devant la joie.

Éditions Les Herbes rouges

ROMANS, RÉCITS, NOUVELLES ET JOURNAUX

Éditions Les Herbes rouges
3575, boulevard Saint-Laurent, bureau 304
Montréal (Québec) H2X 2T7
Téléphone : (514) 845-4039
Télécopieur : (514) 845-3629

Document de couverture :
Édouard Manet, *La Prune,* 1878
Photo de l'auteure : Josée Lambert

Distribution : Diffusion Dimedia inc.
539, boulevard Lebeau
Saint-Laurent (Québec) H4N 1S2
Téléphone : (514) 336-3941

DATE DUE

19 NOV 2009

DISCARDED

BRODART, CO.   Cat. No. 23-221-003